Die Rückkehr vom Asteroiden B 612

Ingo Weichert

Die Rückkehr
vom Asteroiden B 612

Mit Zeichnungen von Anny Reinheimer

i.b.i
verlag

3. Auflage 2000

Copyright © 2000 by
IBI Verlag GmbH & Co KG
Köln–Berliner–Str. 1
44287 Dortmund

Eine Haftung des Autors bzw. des Verlages und seiner Beauftragten für
Personen-, Sach- und Vermögensschäden ist ausgeschlossen.

Zeichnungen:
Anny Reinheimer

Gesamtkonzeption:
simply advertise mainz

Gesamtherstellung:
Universitätsdruckerei
H. Schmidt GmbH & Co
Mainz

Printed in Germany
ISBN: 3-00-005850-8

Der Autor

Autor des Buches „Die Rückkehr vom Asteroiden B 612"
ist Ingo Weichert. Er ist Psychotherapeut und beschäftigt
sich beruflich auf den ersten Blick mit ganz anderen
Themen als denen, die uns in diesem Buch begegnen.
Aber er hat im Laufe seines Lebens Erfahrungen
gemacht, die ihm die Inspiration gegeben haben, sich
immer wieder mit dem „kleinen Prinzen" zu beschäfti-
gen. Denn im Laufe der Zeit wurde ihm die Bedeutung
dieses kleinen Büchleins, dass der Autor Saint-Exupéry
bereits vor etwa einem halben Jahrhundert geschrieben
hatte, immer deutlicher. Die Bedeutung für sein eigenes
Leben und die es auch für andere Menschen haben sollte und die auch gerade heute sehr wichtig ist.

So ist ein sehr persönliches Buch entstanden. Es spricht
von den ganz eigenen Erfahrungen die Ingo Weichert

mit der Lektüre des „kleinen Prinzen" gemacht hat. Es ist aber auch ein Appell an die Leser heute. Der Appell, wieder das Wesentliche zu sehen.

Bei der Entstehung des Buches war es dem Autor immer wichtig, den Text nicht in eine vorgefertigte und allgemein akzeptierte Form einzuordnen. Das Buch hat ein Vorwort und Nachwort, welche den Haupttext umrahmen, aber selbst auch einen wichtigen Bestandteil darstellen. Denn sie erklären, wie es zur Entstehung des Textes gekommen ist. Der Inhalt kann auf verschiedene Weisen empfunden werden. Ist es eine Erzählung, ist es ein Tagebuch oder ein Bericht? Nichts soll wirklich zutreffen. Denn genau das ist es, was Ingo Weichert klar machen will. Nicht die Form oder die Einordnung machen den Sinn oder das Wesentliche aus, sondern das, was jeder daraus macht, wenn er mit dem Herzen sieht.

Ingo Weichert möchte mit dem Buch zum Weiterdenken anregen, denn wie er selbst sagt: „auch der kleine Prinz ist nicht der Ursprung aller Weisheit (...)."

Meinen Dank möchte ich besonders an Katrin, die Mutter meines Sohnes Paul ausrichten, ohne ihre Hilfe hätte ich es oft nicht weiter gebracht. Du bist auf eine recht sonderbare Art in mein Leben getreten. Das, was du mir gegeben hast, werde ich niemals zurückgeben können. Mit dir war mein Leben wieder wie durchsonnt. Ich hatte es wieder gewagt und dir gesagt: „Bitte, bitte zähme mich! Denn man kennt nur Dinge, die man zähmt. Wenn du mich zähmst, werden wir einander brauchen. Du wirst für mich einzig sein in der Welt. Ich werde für dich einzig sein in der Welt."

Ingo Weichert

Dieses Buch ist meinen Kindern Benedikt, Bastian, Timo und Paul gewidmet. Meinen Kindern, denen ich so viel zu sagen hätte. Aber ihr wisst ja: „Die Sprache ist die Quelle der Missverständnisse". Es ist auch allen Kindern dieser Welt gewidmet.

Nein, nicht allen Kindern dieser Welt, sondern allen Menschen, den großen und den kleinen, die es geschafft haben, zu träumen und ihre Träume zu erhalten.

Ich habe einen Trost für diese Menschen: „Ihr dürft den Mut nicht verlieren. Seht aus dem Fenster und lacht mit ihm, ihr könnt sicher sein, er hört euch."

Ingo Weichert

Wie fast jeden Abend die letzten Wochen saß ich wieder über einem leeren Blatt und machte mir Gedanken über die Zeichnungen zu dem Buch „Die Rückkehr vom Asteroiden B 612". Die Vorstellung, die ich hatte war, dass es etwas ganz, ganz Besonderes werden sollte. Ich wollte meinen Gefühlen freien Lauf lassen, ich versuchte den Ansprüchen gerecht zu werden. Ich zeichnete und zeichnete und zeichnete, und warf es weg...

Keine Zeichnung konnte auch nur annähernd das ausdrücken, was ich beim Lesen sowohl des „Kleinen Prinzen" als auch bei „Die Rückkehr vom Asteroiden B 612" empfand. Ich verstand, dass ich nicht in der Lage war, die richtige Zeichnung aufs Papier zu bringen.

Sollte auch ich zu den Menschen gehören, die sich eher über Bridge, Golf, Politik und Krawatten unterhalten können?

Denn sonst hätte ich nicht Wochen gebraucht, um zu spüren welche Zeichnung es nur sein konnte, und diese ist ganz so, wie ich sie mir gewünscht habe, denn ihr wisst ja, dass das Wesentliche für die Augen unsichtbar ist... also hütet es und schaut EUCH alle den Himmel an und fragt euch: „Hat das Schaf die Blume gefressen oder nicht? Ja oder nein?" Und ihr werdet sehen wie sich alles verwandelt.

Anny Reinheimer

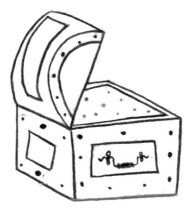

Warum muss es dieses Buch geben? Aus einem ganz einfachen Grund. Es hat mich nicht losgelassen. Tausende von Büchern habe ich gelesen, aber keines hat mich so geprägt, hat mich so fasziniert wie „Der kleine Prinz".

Zum ersten Mal habe ich dieses Buch vor 30 Jahren gelesen und ich habe nicht verstanden, welchen Schatz ich da in den Händen hielt. Ich wusste nichts oder nur wenig damit anzufangen. Erst etwa 20 Jahre später trat „Der kleine Prinz" wieder in mein Leben und sollte mich von da an nie mehr loslassen. Ich hatte mich verliebt, etwas was täglich (glücklicherweise) überall vorkommt.

Diesmal aber war ich der Meinung, es war anders, es war einzigartig. Ich wollte nicht mehr sprechen, nicht wie Oskar mit der Blechtrommel, der aus Protest nicht mehr wachsen wollte. Ich wollte eine neue Sprache kreieren. Es klang mir zu platt, zu trivial, zu abgedroschen „Ich liebe dich" zu sagen.

Meine Empfindungen waren doch viel tiefer, viel intensiver, nichts konnte ihnen gerecht werden, was schon gesagt worden, was schon benutzt worden war.

Am Anfang dieser Beziehung sprach mir meine „Liebe" folgenden Text auf den Anrufbeantworter: „Du musst sehr geduldig sein. Du setzt dich zuerst abseits von mir ins Gras. Ich werde dich so verstohlen aus den Augenwinkeln anschauen, und du wirst nichts sagen. Die Sprache ist die Quelle der Missverständnisse. Aber jeden Tag wirst du dich ein bisschen näher setzen können."

Ich konnte diesen Text nicht einordnen, er kam mir irgendwie bekannt vor, aber die Zuordnung fehlte mir noch. Diese Beziehung war viel zu intensiv, als dass sie lange halten konnte. Und als sie zu Ende war, da habe ich den Satz verstanden. „Es ist so geheimnisvoll das Land der Tränen."

Für eine kurze Zeit war ich gezähmt und mein Leben war wie durchsonnt.

Anfangs dachte ich, ich habe etwas Wichtiges verloren, ich habe nichts gewonnen.

Doch dann fiel mir der Fuchs ein: „Ich habe die Farbe des Weizens gewonnen".

Und ich habe so viel gewonnen.

Ich habe dich, meinen kleinen Prinzen, gewonnen.

Ich gehöre nicht zu den Menschen, die diese Wahrheit vergessen haben. Ich bin zeitlebens verantwortlich für das, was ich mir vertraut gemacht habe. Aber die Zahl der Menschen, die diese übrigens überaus wichtige Botschaft noch verstehen, ist erschreckend gering.

Ja schlimmer noch: Sie ist vom alsbaldigen Entschwinden bedroht

Ein halbes Jahrhundert ist es nun schon her, dass der kleine Prinz seine Botschaft auf unseren Planeten getragen hat.

Warum ist diese Botschaft so wichtig – oder ist sie nur mir so wichtig?

Ist der kleine Prinz in Vergessenheit geraten, ist er gar tot?

Und ich wage zu behaupten: „Nein, nein es kann und darf nicht sein. Wir benötigen ihn dringender als je zuvor."

„Es wird aussehen als wäre ich tot und das wird nicht wahr sein." Er darf in unserer Erinnerung nicht verblassen.

„Wenn das Schaf die Blume frisst, so ist es, als wären alle Sterne ausgelöscht! Und das soll nicht wichtig sein? Wir müssen uns wieder auf das Wesentliche besinnen und begreifen, dass das Wesentliche für die Augen unsichtbar ist. Man sieht nur mit dem Herzen gut." Und wenn wir das wieder akzeptieren können, dann werden wir Sterne haben, wie sie niemand hat!

Warum habe ich gehofft, er würde sich noch einmal auf-machen und den Asteroiden B 612 verlassen und zu uns kommen? Es ist wichtig, dass wir die Botschaft des kleinen Prinzen noch einmal in uns aufnehmen, damit wir spü-ren, dass die Dinge die uns überaus wichtig erscheinen, plötzlich nichtig und klein sind. Denn das Wesentliche ist für die Augen unsichtbar – man sieht nur mit dem Herzen gut. Dieses Buch ist im Sinne von Antoine de Saint-Exupery für seinen Grundgedanken – „den Menschen von Heute einen neuen Halt, dem Leben wieder Sinn und Richtung geben" geschrieben.

Auch den kleinen Prinzen habe ich gefragt, ob es wichtig ist, dass wir uns wieder auf das Wesentliche besinnen.

Wie ihr euch denken könnt, habe ich auf diese Frage keine Antwort bekommen, aber er ist errötet und erinnert ihr euch, wenn man errötet, so bedeutet es „ja"!

Ich gehöre zu den großen Leuten und ihr wisst ja, die großen Leute sind schon sehr, sehr sonderlich. Und Schreiberlinge sind Sonderlinge. Aber neben meiner beruflichen, analytischen und kaufmännischen Arbeit brauche ich den Ausgleich, in das Reich der Phantasie, der Kreativität einzutauchen. Und ich denke, ich halte es mit Voltaire, der da sagte: „Jede Art zu schreiben ist erlaubt – nur die langweilige nicht."

Meine größte Sorge ist, dass wenn ich eines Tages auf einem Berg stehe und rufe: „Seid meine Freunde, ich bin allein – ich bin allein..., allein..., allein...", wenn überhaupt – nur das Echo antwortet: „...allein, ...allein."

Dieses Buch wirkt auf den ersten Blick als entspräche es keiner literarischen Form, aber das war auch gar nicht meine Absicht. Dieses Buch ist in einem Schreibtypus geschrieben, für den es in der Literaturgeschichte kein passendes Etikett gibt.

Dieses Buch führt die Gedankengänge des kleinen Prinzen weiter. Es sind die Worte des kleinen Prinzen, die zu uns sprechen. Es sind die alten, so wichtigen Botschaften die zurückgebracht werden. Der kleine Prinz hat sich nicht verändert, denn der kleine Prinz wird sich niemals verändern. Wir Menschen, insbesondere wir großen Leute haben uns verändert. Deshalb seht dieses Buch nicht mit den Augen, denn ihr wisst ja... .

Man sieht nur mit dem Herzen gut und wer mit dem Herzen sieht, der wird verstehen, dass die Einleitung ein wesentlicher Bestandteil dieses Buches ist.

Möge der kleine Prinz für immer in unseren Herzen weiter leben!!!

Ich war nicht in der Wüste notgelandet. Aber schätzt mich deshalb nicht besonders glücklich. Ich konnte gar nicht in der Wüste notlanden, da ich die Fliegerei nie erlernt hatte, jedenfalls nicht so, nicht mit Maschinen. Ich sollte später, viel später nach der Begegnung mit meinem kleinen Freund, eine andere Art von Fliegen lernen. Auch hatte ich Wüsten nie gesehen, zumindest nicht mit dem Herzen. Auf Bildern, ja auf Bildern hatte ich Wüsten oft gesehen, aber ich konnte an ihnen nichts Schönes finden - ich war noch nicht so weit, um zu verstehen: „Was ihre Schönheit ausmacht ist unsichtbar." Wie gesagt, ich war also nicht in der Wüste notgelandet. Aber man kann sich auch in den großen Städten verlassen fühlen. Und glaubt mir, ich weiß wovon ich rede.

Die großen Leute, sie hatten noch immer nicht verstanden, von welcher Bedeutung es war - zumindest für uns, die wir den kleinen Prinzen lieben - ob nun das Schaf die Rose gefressen hatte oder ob es sie nicht gefressen hatte. Ich war stolz darauf, mir mit meinen vierzig Jahren die Fähigkeit erhalten zu haben, in gezeichneten Kisten Schafe zu sehen. Auch war ich der Meinung, ihn oft gesehen zu haben. Nicht wirklich, jedenfalls nicht so mit den Augen. Aber ihr wißt ja: „Das Wesentliche ist für die Augen unsichtbar".

Mit meinem Herzen aber, da habe ich ihn oft gesehen. Immer da, wo Menschen sich verstanden, wo Kinder angstfrei spielten und unbeschwert lachten, da habe ich ihn gesehen. Allerdings sah ich ihn immer seltener. Nicht dass es an ihm lag, nein, das glaube ich nicht. Es lag an den großen Leuten. Sie hatten vergessen, was es heißt, sich vertraut zu machen. Sie hatten vergessen, daß man zeitlebens für das verantwortlich ist, mit dem man sich vertraut gemacht hatte. Oder zähmten die Menschen sich einfach nicht mehr? Ich vermag diese Frage leider nicht zu beantworten. Eventuell könntest du mir ja helfen? Mein kleiner treuer Freund, kleines Kerlchen, ich möchte dich so gerne lachen hören. Eines späten Abends ist es geschehen. Ich weiß, Ihr werdet es mir nicht glauben. Ihr wollt ja immer Beweise. Aber er hat gelacht und ist das nicht der Beweis, dass man lebt?

"Warum bist du so traurig?", schreckte mich eine Stimme aus meinen Gedanken. Wo war er hergekommen, wieso gerade zu mir? „Wo kommst du her, mein kleiner Freund?", fragte ich ihn. „Warum bist du so traurig?", fragte er mich erneut, und mir fiel ein, dass er nie Erklärungen auf Fragen gab. „Weißt du", sagte ich zu ihm, „die großen Leute haben noch immer nichts begriffen. Sie haben angefangen Grenzen zu öffnen. Aber Sie öffnen nicht ihre Herzen und deshalb bin ich so traurig."

„Seitdem ich dich kenne, mein kleiner Freund, und ich kenne dich schon lange, denn du warst mir stets ein treuer Begleiter, beurteile ich die Menschen nach Ihren Taten und nicht nach Ihren Worten. Und genau dies stimmt mich so traurig", fuhr ich fort. „Sei nicht traurig, man tröstet sich immer. Ich will dich ein Stück begleiten und du erzählst mir, was dich so traurig macht", sagte der kleine Prinz ermutigend.

Er sah viel schöner aus, als ich ihn mir jemals vorgestellt hatte. So schön, dass man es gar nicht beschreiben konnte. Wie hatte ich mich nach ihm gesehnt. Wie oft hatte ich mein Fenster gerade so zum Vergnügen geöffnet und mit ihm gelacht. Und nun war er wirklich hier. Hier bei mir! Ich schaute noch einmal hin, ob er auch wirklich da war. Eventuell war meine Phantasie ja mit mir durchgegangen. Es ist schon so eine Sache mit den Leuten, die in gezeichneten Kisten Schafe sehen können. Aber nein, da stand er leibhaftig. „Ich bin es wirklich", sagte er, als hätte er meine Gedanken erraten, „die Sehnsucht ist es, man muss sich nacheinander sehnen, so richtig mit dem Herzen, dann spielen Entfernungen keine Rolle. Weißt du, ihr großen Leute seid euch oft so nah, und doch Lichtjahre voneinander entfernt."

„Du verstehst schon", meinte er. Und wie ich ihn verstand.

„Weißt du, die großen und kleinen Leute lesen nicht mehr. Sie hören sich die Bücher auf kleinen silbernen Scheiben an oder sehen sie im Film. Und das macht mir Angst, mein kleiner Freund", sagte ich. „Auf meinem Planeten gibt es keine Bücher", sagte der kleine Prinz. „Ich lese mit dem Herzen und mit den Ohren, denn das Wesentliche ist für die Augen unsichtbar. Ich höre dem Rauschen des Windes zu. Und er spielt sehr schöne Melodien. Er wiegt mich in den Schlaf. Er fegt meine Vulkane, auch den erloschenen, denn man weiß ja nie. Er schaukelt ganz sanft meine Rose hin und her. Ich lese in den Donnerstagen, daß mein Fuchs sich weiter ins Feld wagt. Weil die Jäger beim Tanzen sind. Und ich lese in den Tagen, dass er an mich denkt, wenn er die goldene Farbe der Weizenfelder sieht. Und ich spüre, dass er traurig ist.

Aber man läuft immer Gefahr ein bißchen zu weinen, wenn man sich hat zähmen lassen."

„Wenn ich einmal traurig bin, dann sehe ich mir Sonnenuntergänge an. Du weißt ja, mein Planet ist sehr klein, und ich kann sehr viele sehen, wenn ich will", fügte er hinzu. Und wie ich es wusste. Einmal hatte er dreiundvierzig Sonnenuntergänge gesehen. „Nein, nicht auch du", dachte ich, „es reicht, wenn ich traurig bin. Nicht auch du, mein kleiner Prinz".

„Warum schreibst du Bücher, wenn keiner mehr liest. Ihr großen Leute seid schon entschieden sehr, sehr wunderlich", sagte der kleine Prinz und schüttelte verständnislos den Kopf. „Ich möchte den großen und kleinen Leuten die geschriebene Botschaft wieder näher bringen. Ich versuche, dass wir Menschen uns wieder auf das Wesentliche konzentrieren", antwortete ich ihm, „aber ich vermag diese Botschaft nicht zu vermitteln. Wir Menschen, wir haben vergessen, was es heißt, sich miteinander vertraut zu machen." „Ihr Erdenbürger", sagte der kleine Prinz völlig aufgelöst, „ihr seit vom alsbaldigen Entschwinden bedroht."

Merklich ruhiger fuhr er fort: „Schließt die Augen und seht das Wesentliche. Konzentriert euch auf eure Einzigartigkeit.."

„Sieh, auch ich habe meine Rose verkannt", erzählte er

weiter, „habe sie als eine von vielen angesehen, aber sie ist

einzigartig, sie lebt für mich, sie blüht und verbreitet ihren

Duft für mich. Sie ist meine Rose und sie unterscheidet

sich sehr von den anderen Rosen. Ich liebe sie, da es

meine Rose ist. Ich liebe sie, mit meinem ganzen Herzen."

Und wie er sie liebte! Ich spürte förmlich, wie sehr er sie liebte, wenn er nur von ihr sprach. Er hatte diesen Glanz in den Augen, diesen Glanz, den man nur hat, wenn man liebt. Ich hatte so viele Fragen. Was war mit dem Schaf, was war mit den Affenbrotbäumen, was war mit seinen Vulkanen?

Aber ich konnte ihn nicht fragen, denn er gab ja nie Erklärungen auf Fragen. Würde er von alleine erzählen? „Das Schaf", sagte er - konnte er denn wirklich Gedanken lesen? „Es war krank, sehr krank. Es hatte eine Krankheit, die es auf meinem Planeten nicht gibt. Es hatte die Einsamkeitskrankheit. Weißt du, ich war sehr egoistisch, als ich es mit auf meinen Planeten genommen habe."

„Die Rose, sie ist auf meinem Planeten gewachsen", erzählte er, „sie gehört dazu. Das Schaf habe ich entwurzelt, ich habe es nur so zu meinem Vergnügen mitgenommen. Es fehlten ihm die Freunde. Auch auf meinem Planeten gibt es keinen Kaufladen für Freunde! Und ich konnte ihm nicht helfen", sagte der kleine Prinz traurig, „ich konnte ihm nicht die Liebe geben, die ich für meine Rose empfand. Weißt du, Liebe entsteht erst, wenn man sich miteinander vertraut gemacht hat. Sie ist ein gegenseitiges Geben und Nehmen." Und nach einer Weile fuhr er fort: „Ich hatte dem Schaf keine Chance gelassen. Es hat sehr lange gedauert bis es von dieser Krankheit genesen ist. Ich musste mir sehr viele Sonnenuntergänge ansehen. Das Schaf ist wieder gesund. Wir lieben einander nicht, aber wir achten uns."

„Bitte male mir ein zweites Schaf!", forderte der kleine Prinz. „So gerne möchte ich dir helfen, mein kleiner Freund, aber meine zeichnerischen Fähigkeiten sind gleich null und du würdest das, was ich zeichne niemals als Schaf erkennen", antwortete ich niedergeschlagen. „Es ist nicht wichtig", sagte der kleine Prinz, „du weißt doch, das Wesentliche ist für die Augen unsichtbar. Bitte male mir ein zweites Schaf." Ich konnte es ihm nicht abschlagen und so zeichnete ich ihm ein zweites Schaf. Aus ästhetischen Gründen möchte ich euch einen Abdruck ersparen. Man musste schon sehr viel mit dem Herzen sehen können, um in meiner Zeichnung ein Schaf erkennen zu können. „Es ist so wunderschön", rief mein kleiner Freund begeistert, „denn das ist das Schaf für mein Schaf."

„Du hast mir etwas gegeben, was sehr wichtig ist für mich und ich werde es mitnehmen, wenn ich mich auf die Reise zu meinem Planeten begebe. Diesmal wird die Reise beschwerlicher sein, und es war das letzte Mal, dass ich meinen Planeten verlassen konnte. Mein Planet ist in Gefahr. Die Affenbrotbäume wachsen in den Himmel. Die Vulkane laufen Gefahr, auszubrechen und meine Rose – sie ist einsam und schutzlos und sie sehnt sich nach mir." Er winkte mich näher zu sich heran und fuhr fort: „Deshalb höre mir gut zu, was ich dir zu sagen habe. Ich kann nicht wieder kommen, jedenfalls nicht wirklich und deshalb trage meine Botschaft hinaus auf deinen Planeten. Aber bedenke, die großen Leute verstehen nie etwas von selbst, und für die Kinder ist es zu anstrengend, ihnen immer und immer erklären zu müssen. Aber Kinder müssen viel Nachsicht mit großen Leuten haben.

Und wenn ich zurück bin, dann öffnet eure Fenster. Und lacht mit mir - nur so zum Spaß. Und ich weiß, dass ihr lebt und an mich denkt.

Und wenn ihr zum Himmel hochseht, und ihr seht die Sterne leuchten, dann müsst ihr verstehen, dass sie dies tun damit jeder den seinen sehen kann."

Seine Stimme wurde lauter und aufgeregter: „Ihr Erdenbürger, ihr verschwendet die Hälfte eurer Zeit. Aber du weißt doch, ihr seid vom alsbaldigen Entschwinden bedroht. Ihr lebt eure Träume nicht! Aber Träume sind Leben. Sie gehören zu euch wie die Sonnenauf- und Sonnenuntergänge. In euren Träumen trainiert ihr fürs Leben. Ihr seid Sieger und Besiegte. Ihr seid Täter und Opfer. Ihr könnt eurer Phantasie, eurer Kreativität und eurer Sensibilität freien Lauf lassen. Aber ihr habt Angst, und Angst ist ein schlechter Ratgeber. Ihr traut euren eigenen Träumen nicht. Dabei sind es eure Träume, die euch das vollkommene Glück finden lassen. Beschäftigt Euch mit euren Träumen, denn ihr wisst ja, es ist nicht lächerlich, wenn man sich mit anderen Dingen beschäftigt, als mit sich selbst."

Der kleine Prinz wurde eindringlicher und forderte mich auf: „Komm, komm, lass es uns betreten, das Land der Träume. Lass uns Kontinente und Planeten durchstreifen, lass uns vertraut machen mit dem Wesentlichen. Schließe deine Augen, denn du weißt ja... Lass uns in die Welt der Träume reisen. Komm mit auf deine Weise."

Wie gerne ich ihn begleitete. Ich war so glücklich, er gab mir so viel von dem, was ich so lange entbehrte. Er streckte mir seine kleine Hand entgegen. „Komm", sagte er, „ihr müsst die Zeit bedenken. Eure Zeit ist begrenzt, ihr seid vom alsbaldigen Entschwinden bedroht. Lebt die Sekunden – lebt den Augenblick. Ich schloss die Augen, versuchte mit meinem Herzen zu sehen, um dem kleinen Prinzen zu folgen. „Du bist ein Erdenmensch und du hast nie gelernt, mit dem Herzen zu sehen. Du musst mit dem Herzen suchen, denn was wichtig ist, sieht man nicht mit den Augen", vernahm ich die Stimme des kleinen Prinzen. Ging ich wirklich mit dem kleinen Kerl auf die Reise, oder bildete ich mir alles nur ein? „Du musst die Mauer in deinem Kopf und in deinem Herzen durchbrechen. Dann wirst du viele Dinge kennenlernen. Aber du weißt ja – man kennt nur die Dinge, die man zähmt", sagte er.

Etwas Sonderbares ging in mir vor. Vor meinen Augen, obwohl ich sie geschlossen hielt, spielte sich etwas Merkwürdiges ab. Ich sah viele Dinge auf einmal und ich erkannte, dass Sie nicht wichtig waren.

Da, mein Blick wurde klarer und ich spürte, dass ich mit dem Herzen sah. Ich sah ganz deutlich einen Wald vor mir. Junge und alte Bäume wuchsen wild durcheinander. „Es ist ein fester Brauch", sagte der kleine Prinz. „Die Alten schützen die Jungen, ihr habt eure Bräuche verloren." Ich sah einen jungen Baum am Boden liegen. Ich konnte sehen wie er sich plagte. „Auch er ist vom Entschwinden bedroht. Er hat seine Wurzeln verloren. Auch euch fehlen die Wurzeln, das ist sehr übel für euch!", warnte er weiter. Mein kleiner Freund hatte viel gelernt auf seiner ersten Reise.

Er hatte die Fähigkeit, sich auf das Wesentliche zu konzentrieren. Er ließ sich durch das, was er mit den Augen sah nicht blenden. Die Schlange ist nicht nur stark, sie ist auch sehr weise. Was war mit der Schlange? Sie hatte ihm geholfen auf seinem Weg zurück. Es war der traurige Augenblick, als unser Prinz uns wieder verlassen hatte. Was war noch mit der Schlange, es fiel mir nicht ein. Die Schlange hat gesagt: „Man ist auch bei den Menschen einsam", und sie hatte den kleinen Prinzen bedauert: „Du tust mir Leid auf dieser Erde aus Granit. Aber wir sind nicht einsam, sieh nur wie eng wir beieinander leben", sagte ich aufgebracht zum kleinen Prinzen.

„Du sprichst ja typisch wie die großen Leute. Du verwechselst alles. Du bringst alles durcheinander!", entrüstete sich mein kleiner Freund und dann sagte er: „Eng beieinander heißt nicht, sich vertraut zu machen. Ihr Menschen glaubt, keine Zeit zu haben, um irgendetwas kennen zu lernen. Ihr kauft euch alles fertig in den Geschäften. Ihr denkt, ihr braucht einander nicht. Ihr lebt nebeneinander her. Nur wer sich zähmt, der braucht einander!"

Und ich habe verstanden, dass man den Blumen nicht zuhören darf, man muss sie anschauen und einatmen. Aber am Anfang war ich zu jung, um sie lieben zu können, denn sonst wäre ich sehr wohl in der Lage gewesen, hinter all den armseligen Schlichen ihre Zärtlichkeit erahnen zu können."

„Es ist gut einen Freund gehabt zu haben, selbst wenn man sterben muss", fuhr er fort. „Was ihr seht, wenn ihr meint nah beieinander zu sein, das sind nur die Hüllen, denn das Eigentliche ist unsichtbar", fuhr er fort. „Und ihr Erdenbürger, ihr seid nie zufrieden, dort wo ihr seid. Ihr sucht und sucht und sucht…, aber ihr versteht nicht, daß man das, was man sucht in einer einzigen Rose oder in ein bisschen Wasser finden kann. Wenn ihr mit dem Herzen sucht, dann werdet ihr verstehen, was wichtig ist – sieht man nicht"!

Wie gut war es, den kleinen Prinzen bei mir zu haben. Und ich verstand, dass der kleine Prinz über die ernsthaften Dinge völlig anders dachte als die großen Leute.

Und unsere Reise, (war es wirklich eine Reise, es kam mir vor, als sei alles nur ein Traum), ging weiter. Und wir kamen auf unserer so wichtigen Reise an einen Fluß, und was ich sah gefiel mir nicht.

„Du siehst immer noch mit den Augen", sagte der kleine Prinz, „was seine Schönheit ausmacht, ist unsichtbar." Und ich sah wie der Fluss kämpfte, und er bemüht war, sich zu reinigen, klar zu werden. „Wasser", sagte der kleine Prinz, „ist ein Naturelement und es ist wichtig. Es ermöglicht euch Leben, und ihr braucht es, aber ihr seid blind. Ihr betrachtet es, als sei es wertlos." Mir fiel ein, wie sie in der Wüste nach einem Brunnen gesucht hatten. Und es war nicht nur der Durst gewesen, der das Wasser so wichtig hat werden lassen. Wasser kann auch gut sein für das Herz. Dieses Wasser in der Wüste war wie ein Fest, es war anders als ein Trunk, es war gut fürs Herz wie ein Geschenk. „Ihr Erdenbürger habt verlernt, in den einfachen Dingen das Wesentliche zu sehen", hörte ich meinen Freund sagen, „ihr versucht alles mit Ziffern zu bewerten. Aber ihr müsst die Dinge nach ihren Taten beurteilen."

„Wasser stillt nicht nur den Durst" fuhr er fort, „ihr braucht es für viele Sachen. Wasser kann auch gut sein fürs Gefühl. Aber ihr habt verlernt, euch nach euren Gefühlen zu richten. Ihr denkt, ihr braucht eure Gefühle nicht. Ihr denkt, die Zeit, die ihr mit Gefühlen verbringt sei überflüssige Zeit. Aber es gibt keine überflüssige Zeit, denn bedenke, Eure Zeit ist vom alsbaldigen Entschwinden bedroht. Euch erscheinen unwichtige Dinge so wichtig. Edelsteine und Gold stehen bei euch Erdendbürger hoch im Wert, aber es blendet Eure Augen, denn es ist wertlos, ihr braucht es nicht. Ihr sucht nach Gold und Edelsteinen und begreift nicht, dass ihr dabei seid, euren Planeten zu plündern. Für keinen Edelstein, für kein Gold würde ich meine Rose eintauschen."

„Wenn ihr euch in der Wüste verlaufen habt, so können euch Edelsteine oder Gold nicht helfen, aber Wasser benötigt ihr, um zu überleben. Ihr fragt immer, was kostet es, was ist es wert? Dabei vergesst ihr, dass die Zeit, die ihr mit jemandem verbringt, diesen so wichtig, so wertvoll macht."

„Aber ihr verschwendet Eure Zeit als sei Sie unbegrenzt. Ihr reist hin und her, ihr wollt überall gewesen sein, aber nirgends seid ihr wirklich. Ihr seid nie zufrieden dort, wo ihr seid."

„Das Eigentliche, das Wesentliche, das, was für die Augen unsichtbar ist, ist das Einfache", sagte der kleine Prinz.

„Liebe, Liebe ist einfach, wenn ihr Liebe verschenkt, so kommt Sie immer wieder zu euch zurück. Lieben heißt, sich miteinander vertraut zu machen."

„Auf meinem Planeten laufen die Vulkane Gefahr, auszubrechen und die Affenbrotbäume drohen, in den Himmel
zu wachsen. Aber euer Planet ist in viel größerer Gefahr.
Ihr seid blind, ihr seht die Gefahr nicht." Der kleine Prinz
sagte: „Komm ich werde dir zeigen, was euch bedroht."
Was wollte er mir zeigen, welche Bedrohung stand da im
Raum? Was sah der kleine Kerl, was wir Erdenbürger
nicht sahen?

„Um dir die Gefahr zu zeigen", sagte der kleine Prinz, „muss ich dir erst etwas beibringen. Wir müssen deinen Planeten verlassen, von hier sieht man die Bedrohung nicht. Ich bin nicht mit den Zugvögeln gekommen, auch nicht mit einem Flugzeug. So große Entfernungen kann man nicht mit Maschinen zurücklegen. Du wirst deinen Körper verlassen müssen, aber habe keine Angst, das was zurückbleibt, ist nur die Hülle. Komm, gib mir deine Hand und schließe deine Augen." Ich vertraute dem kleinen Kerl und es gab keine Person zu der ich mehr Vertrauen gehabt hätte als zum kleinen Prinzen.

Und unsere Reise ging weiter. Ich spürte, wie ich mich entfernte, wie ich andere Höhen erreichte. Und was ich unter mir sah, war wirklich nur meine Hülle, sie schien mir nicht wichtig. Ich hatte das Gefühl zu träumen und zu schweben, aber hatte der kleine Kerl nicht gesagt: „Ihr lebt eure Träume nicht." Und hatte ich nicht schon oft geträumt, fliegen zu können. Ich kam immer höher und höher, und ich sah zum erstenmal meinen Planeten aus einer mir nicht bekannten Perspektive, und was ich sah, machte mich stolz. Mein Planet, er war so schön, ich sah himmelblaue Ozeane, goldfarbene Wüsten und grasgrüne Wiesen, wie ich sie noch nie gesehen hatte, zumindest nicht mit den Augen.

„Was die Gefahr ausmacht, ist für die Augen unsichtbar, du musst mit dem Herzen sehen", sagte der kleine Prinz, „sieh, die großen Menschen hasten geschäftig aneinander vorbei, sie reisen und reisen und kommen sich wichtig vor."

„Auf deinem Planeten hat sich ein Virus ausgebreitet, ein Virus der die Einsamkeitskrankheit verbreitet, und die großen Leute sind schon zu stark befallen, um sich noch wehren zu können. Sie bemerken ihn nicht und er breitet sich immer weiter aus."

„Die großen Leute sehen mit den Augen, aber ihr wisst ja, das Wesentliche ist…! Um diesen Virus zu sehen, muss man mit dem Herzen suchen, und wenn ihr ihn seht, wenn ihr ihn erkennt, dann müsst ihr kämpfen, um ihn zu besiegen. Ihr müsst ihm Einhalt gebieten, denn er darf sich nicht ausbreiten.

Wenn er sich weiter verbreitet, so seid ihr hoffnungslos verloren.

Ihr müsst diesen Virus bekämpfen, um ihn zu besiegen, aber die großen Leute sind schon zu stark befallen, um sich noch wehren zu können. Bekämpfen können diesen Virus nur die kleinen Leute – die Kinder. Sie sehen noch mit dem Herzen, denn das einzig wirksame Gegenmittel ist die Liebe."

„Die Kinder mussen einander wieder zähmen, sie müssen aufeinander zugehen und die Barrikaden, die die großen Menschen errichtet haben, wieder durchbrechen. Die Kinder, sie müssen wieder begreifen, was es heißt sich miteinander vertraut zu machen. Dann und nur dann besteht Hoffnung für Euren Planeten."

Ich möchte euch nicht die Stelle zeigen, wo und auch nicht schildern, wie der kleine Prinz mich wieder verlassen hat. Ich denke es reicht, wenn ich traurig bin. Aber ich habe verstanden, dass es gut ist einen Freund gehabt zu haben, selbst wenn man sterben muss.

Nach der Begegnung mit dem kleinen Prinzen habe ich verstanden, dass auch ich nicht wichtig bin, aber wichtig ist die Zeit, die ich mit jemandem verbringe.

Und ich möchte noch viel Zeit mit den Menschen verbringen. Insbesondere möchte ich viel Zeit mit den Kindern verbringen - ich möchte den Brauch wieder aufleben lassen: „Die Alten schützen die Jungen" und ich möchte vielen Menschen noch sagen können: „bitte, bitte zähme mich!"

Der kleine Prinz hat mir eine Botschaft aufgetragen, eine überaus wichtige Botschaft.

Er hat gesagt: „Geh zu den Kindern, bitte, geh zu den Kindern, nur sie können den Kampf gewinnen, die Krankheit besiegen. Sie haben noch die Kraft."

Und ich bitte euch, all ihr, die ihr dieses Buch gelesen und verstanden habt.

Helft mit, bitte helft mit, diese Krankheit zu besiegen. Geht hinaus zu den Menschen und sagt zu ihnen: „Bitte, bitte zähme mich!"

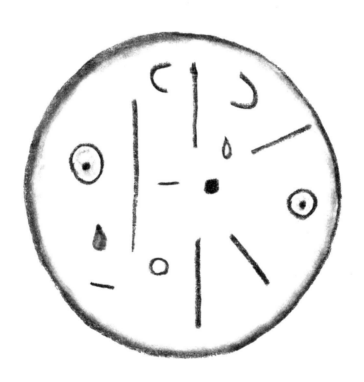

Nachwort

Ich bin froh, dieses Buch geschrieben zu haben. Die Arbeit an diesem Buch hat sehr viel Zeit in Anspruch genommen, obwohl für die Augen nicht viel Sichtbares zu erkennen ist.

Dieses Buch wurde mit dem Computer geschrieben, die Buchstaben wurden mit den Augen erfasst, aber das Wesentliche ist für die Augen unsichtbar, was ich wirklich zum Ausdruck bringen möchte ist – dieses Buch wurde mit dem Herzen geschrieben.

Und weil dieses Buch mit dem Herzen geschrieben wurde, möchte auch ich auf keinen Fall, daß man mein Buch leicht nimmt. Ich möchte auch nicht den Eindruck erwecken, den Leser belehren zu wollen, auch ich habe scheinbar sehr häufig Belehrungen durch den kleinen Prinzen erhalten. Aber ich habe verstanden, auch der kleine Prinz ist nicht der Ursprung aller Weisheit, wie der Fuchs zeigt. Und stört euch nicht an der Sprache, denn ihr wisst ja, die Sprache ist die Quelle aller Missverständnisse. Aber jenseits der Sprache ist es die Botschaft die bleibt.

Ingo Weichert

Im Januar 1999

Dank an Anny

Viele Künstler habe ich beauftragt, Zeichnungen für „Die Rückkehr des Asteroiden B612" zu entwerfen. Unzählige Zeichnungen habe ich zur Ansicht bekommen, die Zeichnungen waren gut, das heißt die Künstler verstanden ihr Handwerk, aber keine Zeichnung hat mich berührt, keine fand ich geeignet. Auch du hast mir Zeichnungen vorgelegt, und auch diese haben mich nicht inspiriert. Sie waren es einfach nicht. Sie entsprachen nicht meinen Vorstellungen.

Und dann kamst du eines Tages in mein Büro und Du hattest diesen Glanz in den Augen, erinnerst Du dich, diesen Glanz, den man nur hat, wenn man liebt.

Du hast mir den Text und die Zeichnungen gezeigt und ich wusste sofort: Das ist es.

Viele Menschen werden eventuell in den Kisten nur Kisten sehen, aber genau das ist die Gefahr, wir Großen Leute haben vergessen, dass das Wesentliche für die Augen unsichtbar ist. Wir haben auch schon 1909 dem türkischen Astronom nicht geglaubt, als er zum ersten Mal den Asteroiden B 612 erwähnte. Sein Anzug entsprach nicht unserer Kleiderordnung. Aber beschäftigt euch noch einmal mit dem kleinen Prinzen und erinnert euch, als der kleine Prinz die Kiste sah, da leuchtete sein Gesicht auf und er sagte: „Das ist ganz so wie ich es mir gewünscht habe". Bitte versucht auch ihr mit dem Herzen zu sehen und ihr werdet Bilder haben, wie ihr sie euch schöner nicht wünschen könnt. Wie kein Künstler jemals in der Lage sein wird, sie zu zeichnen.

prinz paul

es war einmal ein kleiner junge
der hatte eine scharfe zunge
er benannte die dinge wie er sie sah
und den großen leuten war gar nicht klar,
das er sie meistens richtig sah

wenn man ihn sah dann rief man nur da kommt der
mit dem frechen maul
da kommt, da kommt der otzbach paul
den paul den konnte das nicht stören
er dacht ich sag euch nicht was ihr wollt hören

ich sag die dinge wie ich sie seh
nicht schwarz nicht rot weiß ist der schnee
doch manchmal war der schnee beschmutzt
dann hatten menschen ihn benutzt

doch paul dem war schon immer klar
das man nicht das sah was man sah
der paul sah im beschmutzten schnee
darunter noch den grünen klee

der paul sah mehr als alle sahen
denn paul ihr werdet es nicht glauben
der paul er sah nicht mit den augen
denn pauls vater hatte paul gelehrt
die augen sehen es oft verkehrt

auf dieser welt zuwenig liebe
auf dieser welt oft zuviel wut
drum merke dir mein sohn
man sieht nur mit dem herzen gut